AF485109

Fragmentos de la vida

Relatos breves

Susan Barría S.

EDIQUID

FRAGMENTOS DE LA VIDA
Relatos breves
© Susan Barría S.

Editado por: Corporación Ígneo, S.A.C.
para su sello editorial Ediquid
José Olaya 169, Ofic. 504, Miraflores. Lima, Perú
Primera edición, junio, 2025

ISBN: 978-956-6404-67-5

www.grupoigneo.com
Correo electrónico: contacto@grupoigneo.com | Teléfono: +51 955 071 270
Facebook: Grupo Ígneo | X: @editorialigneo | Instagram: @grupoigneo

Colección: Nuevas Voces

Contenido

Un día amable

El lugar es sorprendente, lleno de energía.

Los árboles rodean el ambiente, mientras el aroma a mar y el aire fresco llenan el espacio. El sol acaricia su rostro, el cuerpo se siente cálido, y una brisa agradable toca su nariz.

Al caminar por la arena, esta es suave y se escucha el murmullo de las olas. Más allá, un humedal con aves libres y dichosas. Es un lugar amplio donde nada entorpece la visión. Se siente feliz, como si estuviera viviendo un sueño hermoso. Continúa respirando profundamente, inhalando y exhalando una y otra vez.

Al abrir los ojos, siente calma y energía infinita para comenzar un nuevo día en la ciudad.

Trayecto a casa

Escucha el timbre del colegio; ha llegado la hora de salida. Espera a su hermana en el lugar de siempre, sintiendo flojera por el largo trayecto a casa.

Comienzan el camino por la calle Agustinas, donde ve a más personas y escolares caminando hacia el metro Santa Ana. En el vagón observa a los pasajeros y se pregunta: ¿Qué harán todas estas personas cuando lleguen a casa? ¿Con quién vivirán? ¿Tendrán mascota?

Finalmente, llegan a su destino y, de pronto, ha olvidado la flojera. Ahora solo piensa en su almuerzo y se pregunta: ¿Qué habrá cocinado mamá hoy? También está ansiosa por abrazar a su linda gatita.

Un paseo por el persa bio-bio

Camina por el lugar y observa todos los puestos, cada vendedor con sus productos. Es cierto que en este sitio hay de todo. Pasan los años y sigue igual. Ahora, ya adulto, decide curiosear entre tantas reliquias y libros. ¿Cómo olvidar esos sitios que llenaban su tiempo cuando era pequeño? Figuras de porcelana, cachivaches de la abuela.

Entra a un local bastante antiguo, y la sensación de volver en el tiempo lo emociona. Ha visto la radio del tío, la bicicleta pistera, los pequeños autitos de colores, los relojes de antaño y tantas otras cosas.

Es increíble lo que transmite el persa Bio-Bío, un verdadero patrimonio cultural de nuestro país. Sin duda, un panorama revelador para el fin de semana.

Barrio Alto

La calma es absoluta; camina prácticamente en un desierto, todo silencioso. Aunque transiten autos, todo es armonía. Terrazas y pubs invitan a disfrutar de un rato agradable, mientras que los departamentos y casas, con estructuras majestuosas, parecen pequeños castillos, sin duda hogares de personas afortunadas.

Todo está limpio, no hay vendedores callejeros. Hay espacios para el deporte, y los parques son suficientes para un día de juegos y entretenimiento.

Se puede pasear a cualquier hora del día; parece que no existiera peligro alguno. Se respira un ambiente tan distinto. Es increíble pensar que, con solo una hora de distancia entre un lugar y otro, la diferencia sea abrumadora.

Feria popular

Los gritos y voces de quienes venden sus frutas y verduras son prácticamente los mismos que he escuchado desde pequeña hasta ahora. A cualquier lugar que vaya y en cualquier momento, los gritos singulares son los mismos. La variedad de frutas y verduras de la temporada está disponible para quien las necesite. Se encuentran tantas cosas necesarias para nuestro hogar.

Comienza el recorrido: primero los puestos de limpieza para la casa, luego el de artículos como mascarillas y bolsas de basura; después el puesto con los huevos, seguido por el de mercadería no perecible. A continuación, está el que vende aceitunas, condimentos y frutos secos. Luego se encuentra el puesto que ofrece una gran variedad de verduras, seguido del de frutas y del de plásticos, con coladores y fuentes.

Más adelante está el puesto de plantas, el de flores y el de lanas, la pescadería, el de queques, el de calcetines y delantales de colegio, el semanero, los útiles escolares, el puesto de juguetes, el de herramientas, el señor del mote con huesillos, el carrito de remedios y el puesto de ropa americana. Sin dudarlo, vas por una cosa y regresas con varias otras. En una pequeña caminata, se puede encontrar todo un mundo.

Desde mi balcón

Desde su balcón observa a los visitantes llegar, como si de verdad hubiera algo especial en este barrio. La soledad se percibe a distancia; quisiera que hubiera más vida.

No logra comprender qué es lo que tanto observan las personas al pasar por esta calle. Se quedan parados mirando los árboles y jardines de esta casa o aquella, como si fuera algo de gran impacto. A veces, se siente como si estuviera en un zoológico…

Todos los fines de semana llegan nuevos visitantes.

Desde mi balcón: soledad, silencio, vacío.

Quiero mi almuerzo

¡Por fin! Escucha el timbre y sale corriendo con su querido almuerzo; tiene demasiado apetito. No ve a nadie que se interponga en su camino.

Va a conseguir esa mesa que ve allá para almorzar con su amiga y otras compañeras. Está feliz porque las mesas están desocupadas y corre rápidamente. Nadie ocupará esa mesa ni esas sillas.

Ya está llegando para asegurarse un lugar cuando, de repente, escucha que alguien la llama. Voltea y ve a su amiga, que le hace señas y gestos con las manos señalando el reloj en su muñeca.

Instintivamente, mira su propio reloj. ¡¿Qué?! ¡Son apenas las once de la mañana!

—¡Es el timbre del recreo, no el del almuerzo! —le dice su amiga.

—¡Qué bochorno! —retorna corriendo a la sala de clases y deja su lonchera—. No me acostumbro a los horarios presenciales —comenta mientras salen a jugar.

El asilo

La soledad se siente, penetra en sus huesos olvidados; jamás imaginó estar en un lugar tan desolado. Entiende que arruinó la vida de sus hijos y de su compañera de vida; para él, nunca existieron verdaderamente.

Siempre vivió en un mundo paralelo; su realidad fue la adicción al trabajo, tomar unas copas y fumar.

Llevando a cabo estas tres cosas, se sentía feliz.

Sin embargo, el tiempo ha pasado, y ahora, con dificultad, logra vislumbrar qué fue de aquellos días que se desvanecen en el recuerdo.

La realidad es que ya no tiene familia que vele por él ni un hogar propio. Su hogar es este asilo, donde se distrae con desconocidos, luego duerme y espera que los días pasen.

En su mente persiste el aroma de un pasado incierto, entre noches solitarias y amaneceres rutinarios. Se convence de que ha olvidado lo que un día fue.

Olvido

Está seguro de haber caminado por este lugar, o al menos eso cree. También recuerda vagamente aquella torre; tiene la sensación de haber paseado por ese parque y de haber estado en el pub que ahora tiene delante. Sin duda, viajó e hizo maletas.

Está convencido de que subió cerros, caminó por playas, cuidó animales, se divirtió, estudió y bailó. Casi puede afirmar que trabajó, formó un hogar y conoció a extraños.

Sin embargo, lo vivido en aquel momento se borró y, con ello, los recuerdos comenzaron a desvanecerse.

Ahora, frente a él, hay una nueva hoja limpia y clara. Con ella, comienza a escribir su historia de nuevo.

Y si...

«Qué tedioso es venir a este lugar lleno de reglas. Se podría decir que es solo una distracción de la verdadera vida, donde te sientes importante y parte de los demás. La verdad no tiene nada de malo, solo que te aceptan si piensas como ellos. El trabajo me genera ingresos, lo que me permite vivir tranquilo y adaptarme al sistema.

Quisiera que las cosas fueran distintas. ¿Y si me voy y vivo entre la naturaleza, sin importar nada más? ¿Y si me voy a otro país? ¿Y si duermo por siempre en una montaña hasta quedar exhausto y olvido que tengo una familia? ¿Y si mis sueños se hicieran realidad? ¿Y si despertara en otro mundo, teniendo la certeza de que existo? ¿Y si viviera libre, sin sufrimientos y entendiera por fin que la paz existe? ¿Y si viviera sabiendo que todo está bien en mi mundo? ¿Y si tengo fe y certeza de que vivir feliz y en paz es posible? ¿Y si no me resisto a aceptar que la vida es demasiado hermosa para no vivirla? ¿Y si por fin me manifiesto y vivo por siempre?».

En la escalera

Es invisible a los demás; solo parece cemento con una función básica: ayudar a desplazarse. Te encuentras en un ambiente algo frío y medio tétrico, pero, a medida que te conectas con ella, se convierte en tu aliada para sostenerte. Subes o bajas, dependiendo de tu destino.

Con un poco de imaginación, puedes hacerla tu compañera de prácticas meditativas o algo más que un simple objeto a tu alrededor. Puede transformarse en un gimnasio improvisado, un refugio donde deseas aislarte o, incluso, un espacio terapéutico. ¿Quién hubiese imaginado que una escalera podría tener un rol tan profundo en tu bienestar?

En el parque

Es su paseo favorito, donde ve juegos por todas partes. Le encanta correr sin saber hasta dónde debe llegar. Desde lejos ve a sus padres, que agitan la mano, confiados en que volverá hasta donde están. Corre hacia ellos, pero se detiene para subir al resbalín, al laberinto, a los columpios.

Hoy sonríe, se siente muy bien; no hay felicidad más pura que esta. Sigue jugando, ahora está en el balancín junto a otro niño. Se miran, sonríen, como si fueran amigos de toda la vida.

El niño se va, y él regresa junto a sus padres. Los toma de la mano, y ellos lo levantan en el aire, haciéndolo flotar: ¡Wiii! Después, compran un helado y algodón de azúcar. Es feliz, es un niño muy feliz…

Ser

Escucha muchas voces; tal vez estén visitando a su madre. Se siente tan cómodo allí; es maravilloso estar rodeado por colchones de agua. Siente una paz verdadera, armonía, quietud y calma. Aunque no comprende bien qué significan esas palabras, ni siquiera sabe exactamente qué es, supone que es un ser algo especial para alguien a quien llaman mamá, o al menos así escucha que la nombran las voces.

Su madre lo lleva a todas partes y cree que le habla. Aunque no entiende del todo el significado de las palabras que surgen en su mente, simplemente aparecen. Experimenta una sensación indescriptible de quietud máxima; todo se manifiesta sin esfuerzo ni explicación.

Desea quedarse allí para siempre, aunque ha escuchado que pronto verá a su mamá y la conocerá físicamente. Sin embargo, sabe que ella siempre ha estado con él. Solo espera que, cuando llegue el momento, recuerde estos instantes de ser solo un ser, envuelto en quietud y calma.

Mi hermosa patria

La extraña con locura; nació allí y fue parte de su vida por muchos años. ¿Cómo no añorar sus cerros Santa Lucía y San Cristóbal en medio de la ciudad, los teleféricos, el zoológico y todas sus entretenciones? Recuerda con nostalgia la diversión de Fantasilandia, la capital llena de gente que siempre va de un lugar a otro, los autos de colores, las micros numeradas, las distintas comunas y el lenguaje único de su gente.

Extraña también los diversos aromas de los restaurantes de comida típica y hogareña: el apetitoso pastel de choclo, las humitas, los porotos con rienda y el muy popular mote con huesillo. Pero, por sobre todo, añora las locuras en familia, las conversaciones interminables, las bromas, las risas estruendosas.

Cuando cierra los ojos, evoca el bello sur con sus verdes e interminables praderas y el desierto solitario del norte de su querida y linda patria.

Sueña con transitar nuevamente por sus hermosas y eternas calles de asfalto y cemento. Desde un pequeño pueblo del sur de Suecia, su hogar momentáneo le dice: «Espérame, querida patria, pronto estaré contigo».

«Ellos, los normales»

Observan como si vieran un fantasma: se tapa los oídos, llora y cierra los ojos. Las personas pasan a su lado, algunos curiosos, otros asustados y algunos más con temor. Quiere huir del lugar; sale corriendo, buscando algo seguro, mientras muchos miran intrigados qué acontece.

Ellos, los «normales», llegarán a sus casas, contarán lo sucedido y recordarán con lástima lo que han presenciado.

Al llegar a casa, rompe en llanto y grita una y otra vez. Después se lava el rostro y murmura: «¿Qué les podría importar cómo es mi comportamiento habitual? Al fin y al cabo, son ellos los normales, ¿no?».

Amor gatuno

Wii se columpia en la puerta intentando llamar la atención. Lo hace para avisar que es la hora de su comida y también para que le cambien el agua. «Miau, miau… ¡Wii, miau!», insiste. Finalmente, alguien se levanta, le acaricia el cuello y le habla con un tono agudo. Ella entiende que la están saludando, así que corre delante de esa persona, llena de emoción.

Escucha el sonido de su comida siendo servida y no puede contener la alegría. La voz de quien la alimenta suena cariñosa, como si realmente supieran que ella comprende cada palabra. Come y está delicioso.

Luego, satisfecha, se acurruca en los pies de la cama. Hace lo mismo que ellos: se estira, apoya su pequeña cabeza en las frazadas, pero antes se baña minuciosamente, asegurándose de limpiarse por completo y disfrutando de unos masajes relajantes que ella misma se da.

Se siente parte de la familia. Los escucha hablar, cantar, reír y observa atentamente mientras almuerzan o ven televisión. Sabe que es uno de ellos, aunque ellos no se den cuenta de que puede comprenderlos completamente.

Con su amor gatuno, los observa y piensa: «Amo a esta familia, aunque nunca sepan cuánto los entiendo».

Romance online

Con lo ocurrido en la pandemia, no pudieron volver a verse físicamente. Extrañaba los abrazos que alguna vez se dieron; recién se habían conocido, y su dulce amor apenas duró unos pocos días.

No lograron continuar su romance en persona. No sabía si llamarlo mala suerte o infortunio, pero, de todas formas, había sido entretenido hablar a través de la cámara de un celular. Curiosamente, eso le animaba a expresar más sus sentimientos que cuando estaban frente a frente.

También había reflexionado: qué desafortunado habría sido no tener a alguien con quien compartir, o simplemente contar cómo se sentía en esos complejos momentos, o con quién reír de alguna broma o de lo encerrados que se sentían.

No sabía si aquel amor había llegado para quedarse o si sería simplemente algo pasajero, pero tenía claro que no lo olvidaría fácilmente.

Esperaba con ansias poder verlo pronto y revivir aquella mágica experiencia, aunque fuera en sus recuerdos.

Al menos, podría contar que tuvo un romance online, único y especial.

Para qué seguir

¿Para qué seguir?

¿Para qué si no se puede volar?

¿Para qué si no se puede caminar?

¿Para qué seguir si la huella se borra?

¿Para qué seguir si el destino es limitado?

¿Para qué seguir si no encuentra el hilo conductor que lo lleve a ser libre, de forma natural y espontánea?

¡Pero es verdad! No se puede desear algo ni querer, porque eso lo limita. Entonces, ¿cómo se hace? ¿Qué hace? ¿Y cómo lo consigue?

Sentir

Lágrimas de impotencia corren por sus mejillas; la tristeza y el dolor son evidentes. La incertidumbre de vivir como un ave en el cielo o un pez en el océano se percibe lejana y borrosa.

Su pecho, al ritmo de los sollozos, baila en interminables latidos. A lo lejos, el sonido de un pequeño riachuelo se mezcla con la suave música que escapa de una habitación cercana. Unas flores violetas destacan frente a una pequeña planta con nuevos brotes, símbolos de fragilidad y renacer.

Con sus manos en el teclado, continúa escribiendo su historia…

Carrito

Suena la campana de la escuela, y el niño corre emocionado hacia el lugar más bello que jamás hayan visto sus ojos. El carrito de dulces es un paraíso para él: allí lo esperan arroz de colores, suflés con sabor a papas y queso, sustancia, chupetes de dulce, chocolatinas, caramelos sueltos de colores, galletas de limón, manzana confitada y membrillo.

Logra comprar algo antes de regresar a la sala de clases, pero no alcanza a disfrutar de su arroz de colores, que guarda cuidadosamente en el bolsillo del pantalón. Saber que esa golosina está tan cerca lo llena de inquietud; se le hace agua la boca y no puede concentrarse en lo que dice la maestra.

Con ansias espera que la clase termine para escuchar nuevamente la campana del próximo recreo.

¡Está feliz con sus tesoros: sus dulces de colores!

Quinta normal

¿Quién diría que hace muchos años, aproximadamente en 1842, solo la aristocracia chilena visitaba este hermoso lugar? ¡Cómo no dar un paseo si es tan bello!

Si se observa atentamente, se pueden ver casas adaptadas a distintos usos, algunas transformadas en museos y otras en pequeños palacios de la época. Los árboles frondosos están dispuestos de tal manera que forman un camino apacible, donde antiguamente se realizaban caminatas o se viajaba en carroza.

El lugar es extenso, con una bella y pequeña laguna en su centro. Desde la pileta emana un melodioso sonido, mientras hermosas aves se posan para beber de ella. Es agradable ver cómo personas de todas partes pueden pasear y disfrutar de este espacio que pertenece a todos. Los niños juegan, corren y se divierten, mientras en los rostros de sus padres se refleja la tranquilidad y el descanso. Sin duda, un paseo muy grato.

Esa calle

Ahí está esa calle, con sus árboles alineados en hileras, dando la bienvenida a quienes la recorren. Caminas tranquilamente y, con cada paso sereno, sientes que los árboles son parte de ti. El viento te susurra al oído, y una oleada de aire baila alrededor de tu cabeza, entrando por tu nariz y despertando sensaciones de energía vital. Su aroma nativo queda impregnado en ti.

Si te detienes junto a los árboles y miras hacia arriba, sus ramas se mecen suavemente, como si ofrecieran pequeñas alabanzas.

Al continuar por el camino, observas casas algo solitarias y separadas entre sí. Hay muchas áreas deshabitadas, grandes espacios llenos de árboles, plantas y arbustos que crean un ambiente muy acogedor y sanador.

El silencio y la tranquilidad se sienten a cada paso. Caminas más y más por esa calle que parece interminable y hermosa. Posiblemente te lleve a una playa, de esas que aún preservan algunas especies y cuyos parajes están protegidos por propietarios que viven en los alrededores.

La bici

¡Estoy algo nerviosa! No sé a qué se refiere mamá cuando dice que me quiere enseñar algo. ¡Llegamos!

Al llegar, miro alrededor, pero no veo nada. Mi madre me mira antes de bajar del auto y dice: «Te enseñaremos a andar en bicicleta».

Siento una mezcla de alegría e inquietud. Bajamos del auto y sacamos unas bicicletas, y así comenzó la aventura.

Me subí a la bicicleta, pero no logro mantenerme en equilibrio. Mi tío me sujeta mientras avanzamos. Luego, mi mamá me explica que debo fijarme en la partida, darme impulso y que, si lo hago, será más fácil.

Comienzo a ensayar la famosa partida y descubrí que era cierto: avanzar se volvió más sencillo. Con cada intento, me costaba menos arrancar. El tío me sostiene, lo que me da más seguridad; luego mi madre toma su lugar.

Mientras tanto, mi hermana pasa tranquilamente en su bicicleta. Pasamos un largo rato practicando, hasta que logré mantenerme más tiempo sobre la bici.

¡Qué emoción! Sin darme cuenta, ya he avanzado bastante por la calle. Estoy feliz. Mi madre corrió a mi lado y me mostró las manos para que viera que iba sola. Se ve graciosa, pero mi alegría era mayor. Sentí que volaba como un pájaro.

¡Ya sé andar en bicicleta!

La noche especial

Se siente más grande; probablemente sea porque lo está. Ha invitado a algunos amigos para celebrar su cumpleaños esta noche. Son divertidos, amables y un poco alocados. Todo está preparado: la decoración, las cosas ricas para compartir y la emoción lo embarga. Siente una felicidad absoluta.

Con sus amigos ha recorrido el mundo del colegio, creciendo juntos y forjando sus personalidades.

¡Ya llegaron! Lo abrazan y cada uno le entrega un pequeño regalo por sus años cumplidos. Bailan, comen hasta no poder más, conversan y ríen de todo. Beben un poco y disfrutan de esa estupenda noche tan especial y hermosa para él.

Florcita

Revelación o confirmación de algo que se sospechaba. Es cierto que las personas hacen lo que pueden con las herramientas que tienen. Pero, ¿qué pasa con su dolor y con su forma errónea de vivir la vida creyendo como una verdad absoluta todo lo que les enseñan?

¿Acaso es necesario sufrir para experimentar momentos de alegría y tranquilidad?

¿Y qué ocurre con un niño? Aprende de manera equivocada y, a partir de ello, define toda su existencia con una comprensión errónea de la vida.

Si la pureza de la conciencia pudiera mantenerse intacta para siempre, sería posible ver la verdadera realidad tal como es, disfrutando del paraíso en que vivimos en su forma natural y vital.

No se nace ni se muere; la transformación está aquí presente.

Viví en este lugar

Despierta asustado y un poco agitado. Escucha los gritos del vecino llamando a su esposa; luego llama a su hija. Se levanta, da un salto, toma su colación, sale a la calle y observa las casas de sus vecinos, solitarias y tristes. Camina por un suelo lleno de agujeros en algunos puntos mientras se dirige a la parada de micros, algo impaciente por la llegada del transporte que lo llevará a la escuela.

Se siente inseguro. Hay unos hombres con rostro agotado y ojos rojos; una señora con semblante apagado y sin esperanzas. Observa a su alrededor y comprende con certeza que no pertenece a ese lugar tan triste, desamparado y apartado, una especie de patio trasero en un país grande que ofrece oportunidades solo para unos pocos. Cada día es igual al otro, y poco a poco va perdiendo la fe.

Sin embargo, algo dentro de él lo impulsa a seguir. Mientras avanza hacia la escuela, contempla el entorno grisáceo y opaco, y se dice que debe continuar, con la esperanza de que en el futuro pueda encontrar destellos de luz y felicidad.

Finalmente, el autobús llega, y sabe que debe subir.

Pura vibración

Explosión de emociones: el cuerpo se contrae, el llanto se rinde y fluye como un río torrentoso, el cuerpo se mueve como un terremoto lleno de energía, la respiración se agita y va a la velocidad de la luz.

No debes temer; es la esencia del ser que se acomoda dentro de ti. Te invita a una transformación para volver a estar.

La fecha

Hoy es un día especial, la fecha en que por primera vez se conocieron. Desde entonces, jamás se han separado. ¡Qué emoción! ¿Se habrá acordado de algo tan importante? Y si no lo ha recordado, ¿será motivo de decepción o de tristeza?

Tal vez, en lugar de enfocarse solo en una fecha, se debería valorar y agradecer cada momento compartido. Esos instantes vividos desde el alma y el corazón, sin necesidad de un motivo especial, fluyendo con el sentimiento y la conexión.

¿Una fecha define la importancia de un amor verdadero? Ella no lo cree. La constancia, la pasión y la pureza de la persona que está a tu lado son lo que realmente define ese amor.

Se aleja

Al parecer, su mente se fue a jugar a un futuro inexistente; va y viene, escapando del presente que está frente a ella. Se aleja y vuelve. Corre de un lado a otro, pero intenta seguirla y termina perdiéndola de vista.

De pronto, la angustia aparece, seguida por el miedo y el terror, hasta culminar en una explosión de llanto; las lágrimas fluyen como un río por sus mejillas.

Entonces, advierte lo que está ocurriendo y decide concentrarse, enfocando su atención en el lugar donde realmente está en ese momento. Respira una y otra vez profundamente, repitiendo el acto hasta que poco a poco la calma llega. Su mente inquieta se ordena, y comprende que debe disfrutar el momento presente.

La angustia cesa, el miedo se aleja y su respiración se torna serena.

Dulce hogar

Aprendió a querer y valorar su hogar cuando tuvo la seguridad y la confianza de que era feliz en cualquier lugar donde decidiera estar.

No importaba si era en la azotea de un edificio, en la cima de un cerro, en otro país, lejos o cerca. Comprendió que el verdadero hogar lo llevaba dentro de sí, y que lo demás era solo un refugio superficial donde cobijarse momentáneamente.

La señora

Entra a la casa de la señora y la ve sentada en un sofá, buscando algún recuerdo o historia del pasado en la que fue feliz. La observa y cree verla perdida en el vacío, pero, al notar su presencia, se gira y le sonríe de manera muy tierna. La dulzura de sus ojos le hace sentir que es bienvenida en su hogar.

Toma su mano, suave y delicada. Le da un beso en la mejilla cálida, que se siente como una sustancia, y la abraza; su cuerpo es ligero como algodón. Su saludo es amable y cordial, y se alegra de verla.

¿Quién diría que un gesto tan sencillo, tan lleno de gentileza, quedaría grabado en su memoria durante años?

Se promete recordarla siempre como si la viera todo el tiempo.

Ni tan iguales

No te confundas; aunque parezcan iguales, son diferentes. Cada uno tiene su propia personalidad, su forma de ver y enfrentar la vida. Es curioso observar a dos personas idénticas en apariencia; a veces crees que una pasó por tu lado, sientes un *déjà vu*, y luego ocurre otra vez.

Cuando son pequeños, resulta gracioso que los vistan igual, quieran el mismo juguete y pidan la misma comida. Al crecer, todo cambia: la mirada es distinta en los dos seres que compartieron el vientre materno, la misma casa y los cuidados de su madre.

Podría parecer que son iguales, pero si los observas con atención, las diferencias se hacen evidentes. Son dos almas distintas, con emociones, sensaciones, caminos e historias únicas.

La ramada

El ambiente relajado y sereno habla por sí mismo. Visitar un lugar de dispersión, donde se puede disfrutar de la alegría de celebrar las fiestas patrias en familia o simplemente como un paseo, resulta muy reconfortante, ya que de alguna forma también se socializa.

Se escucha música con tonos patrios, y hay numerosos puestos de comida típica que ofrecen empanadas, anticuchos, papas fritas, churros, algodón de azúcar y el famoso mote con huesillo, además de tragos típicos de la temporada como terremoto, ponche, vino y cerveza.

Niños y adultos se divierten con los distintos juegos tradicionales dispuestos para una sana entretención: competencia del trompo, la carrera del saco y la clásica yincana. Un señor vestido de huaso es el anfitrión, mientras algunos elevan volantines y otros se sientan en el pasto, disfrutando del bello día y del ambiente dieciochero.

Está lejos de ser un caos; todo es disfrute que enaltece el espíritu de la dulce patria.

Esa mujer

Ella vive para su familia; tiene impecable su hogar: la casa, los baños, el jardín, la cocina, el cuarto de los niños. Pero ¿y ella? ¿Qué es de ella? Su apariencia superficial refleja que cuida muy poco de su propia imagen; su apariencia desaliñada, su pelo y su cuerpo descuidados.

Su interior está destrozado, sin capacidad ni conocimiento alguno para ayudar a su alma y su ser. No sabe cómo evolucionar.

Prefiere no mirar qué acontece a su alrededor; siempre ha sido así. Fue educada para limpiar y ordenar, y como ser, se siente inexistente. Así es su vida sesgada.

Los baños, el jardín, la cocina, el cuarto de los niños… la casa está ordenada.

Gris

¿Mejorará pronto? ¿Pasará el malestar, el dolor, la fatiga? Se lo pregunta en silencio.

¿Qué quiere decirle en realidad?

¿En qué puede ayudarla o en qué ella puede ayudar?

Cierra los ojos y duerme un instante; en sus sueños siente las manos de su madre acariciando su cabeza. Con cada caricia, despierta más fortalecida. El malestar y el dolor comienzan a mitigarse mientras destellos de luz aparecen ante sus ojos.

Esos días fueron nubosos; aunque el cielo estuvo gris, su belleza, su espíritu y su alma permanecieron intactos.

Videojuego

Y… ahí va. El señor se acerca y pide palomitas más una rica bebida. Camina un poco y, de pronto, echa a correr. El joven que lo atiende lo llama y dice: «¡Señor! ¡No ha pagado su supercombo! ¡Señor! ¡Señor!». El señor corre tan rápido como puede; en el trayecto se le caen las palomitas y derrama la bebida.

El joven llama a los guardias y grita: «¡Guardias! ¡Guardias!». Aparecen dos hombres grandes corriendo. Uno cae al suelo y el otro cae encima de su compañero. La gente mira asustada. Los guardias se levantan y siguen al señor, hasta que finalmente lo atrapan, pero el señor se les suelta y sigue corriendo. «¡Ya voy llegando a la meta!», dice… y nooo. Mamá me llama para cenar.

Dejo el juego pausado para continuar en un rato; aún me quedan vidas.

Soltarte

¿Cómo soltarte para que vueles y vivas la libertad que llevas dentro?

Si te dejo ir, ¿volverás?

¿Me lo prometes?

¿Te cuidarás y serás feliz?

Yo estaré aquí, en cualquier parte de la vida donde decidas buscarme.

Vive, disfruta, sé tú mismo y confía en ti.

Veo

Hoy veo lo que antes no veía, y me duele mirar.

Es una oportunidad para comenzar a observar la vida en sus colores reales, verla tal como es, junto a los personajes que son parte de ella.

Hoy mis ojos se han abierto una vez más, y puedo decir: te veo ahora mismo, a ti y a todo lo que me rodea.

En la montaña

El señor está cansado; los años vividos en la montaña parecen siglos. En invierno, el frío cala profundamente en sus huesos envejecidos. Observa el horizonte y rememora los días pasados; recuerdos que lo persiguen día y noche.

Su mirada se fija en el mar, que se divisa desde lejos. Antes tuvo otra vida; ahora lo acompañan sus fieles perros.

La montaña es muy fría en invierno y demasiado calurosa en verano. El hombre, agotado, arrastra sus pies cansados, bebe un té hervido y espera que los días pasen.

A su lado, los perros lo observan, mientras él, vencido por el cansancio, duerme en la soledad de la montaña.

Comerciante

El hombre sonríe; se siente un héroe. Hoy no solo lleva bolsas repletas de pan, sino también la satisfacción de haber vendido muchas. Eso significa un poco más de dinero para el hogar. Toma agua tibia de su botella desgastada, se moja el rostro con agua en sus manos y se acomoda el cabello grasoso hacia un lado con una pequeña peineta de plástico.

Finalmente, llega a su hogar, donde el aire huele a humedad. Coge en brazos a su pequeño, le limpia la nariz con su polera. El niño le regala una sonrisa, y él, mostrando sus pocos dientes, le devuelve otra y le da un beso. Se sientan a tomar once junto a la madre del niño.

Saca de su bolso la última bolsa de pan y un poco de margarina, que para ellos es un verdadero manjar. Están juntos, y eso lo cambia todo. Por un momento, incluso el olor a humedad parece menos intenso. El hombre sonríe; se siente feliz.

Mar

En la orilla, el oleaje rompe con toda su fuerza y moja parte de mi calzado. Siento el sereno rocío de las olas en mis piernas; inspiro profundamente y llega a mí ese aroma a vida que solo el mar nos puede regalar. Mientras lo observo, contemplo su bello color, perdiéndome en el infinito.

Me pregunto: ¿qué habrá en las profundidades? ¿Se flotará como en el espacio? Imagino innumerables peces, criaturas y seres viviendo libres en su propio universo. Visualizo la tranquilidad de las profundidades, un entorno sereno y calmo; debe ser una vida de ensueño.

También pienso en el temor de los pescadores, marineros y capitanes cuando se acerca una marea furiosa o una gran tormenta, sacudiendo su barco o bote de un lado a otro. Imagino el pavor en sus ojos al creer que esta podría ser la última vez que salgan a navegar. En solo segundos deben ver en su mente a sus hijos, a su esposa, a toda una familia feliz esperando el regreso de aquel que salió a trabajar.

El amor y la felicidad deben ser indescriptibles cuando la tormenta finalmente se disipa, cuando sienten la seguridad de que todo está bien y que pronto volverán a abrazar a sus seres queridos.

Pienso en tantas historias contadas por maestros y abuelos. ¿Habrán visto aquellos marinos sirenas alguna vez? ¿O un monstruo marino? ¿O habrá sido solo su mente jugando con sus esperanzas y añoranzas?

Mientras reflexiono sobre todo esto, sigo observando la serenidad del oleaje. ¿Cuántas historias habrás presenciado? ¿Cuántas lágrimas y sonrisas quedaron plasmadas en esta arena? Has estado aquí por miles de años, regalándonos tus sonidos, tus colores, tu canto, tu aroma.

Las risas de niños corriendo por la arena me sacan de mi ensoñación. Me giro para ver sus caras felices y traviesas. Seguirás oyendo infinitas historias por cientos de años más. Y yo seré solo alguien más contemplando tu inmensidad.

Flor interior

Emociona saber que la respuesta a muchos de nuestros padecimientos se encuentra en la naturaleza de una flor en toda su esencia. Es como si la flor y nosotros fuéramos uno, como si compartiéramos el mismo propósito en este vasto infinito.

La respuesta a muchas de tus interrogantes está en ti. Busca en tu interior, indaga sin miedo, y lo que encuentres te guiará hacia el camino de tu ser superior. Al hacerlo, alcanzarás la libertad.

Sin embargo, también duele no ver, no mirar con profundidad, la maravilla que la vida, la naturaleza, el universo y todo lo que existe nos ofrece. Si te tomas el tiempo para observar y comprender, pronto caminarás sin miedos ni temores, convirtiéndote en un ser auténtico, un ser en completa paz.

El amor y la paz siempre han estado dentro de ti, y desde ese lugar interno puedes atraerlos hacia tu vida.

Escuchando

Escucha charlas que considera de su interés, o al menos eso cree. A veces siente la certeza de que lo que dicen es verdad, confiando en que la experiencia otorga sabiduría a quienes lo expresan y comparten con los demás.

Aspira a ser sabio, mientras un río interminable de agua parece fluir y desbordarse, tocando lo tangible de su rostro. Este fluir, sin embargo, es diferente esta vez; no proviene de un motivo concreto, sino que parece ser un flujo solo de limpieza y purificación del alma, como tantas otras veces que ha experimentado a lo largo de los años.

Anhela compartir sabiduría y experiencias, no solo para entregarlas, sino para retroalimentarse de ellas. Sin embargo, en el fondo, se pregunta si necesita de ese alimento externo o si es capaz de nutrirse a sí mismo con su propia experiencia. A pesar de estas reflexiones, sigue avanzando con pasos firmes por el camino que ha trazado.

Confusión

No sabe por dónde comenzar. Sus pensamientos están muy confusos. Da mil vueltas por su casa, su jardín, el parque, las calles, pero no encuentra un rumbo. No ve un camino claro, solo avanza a ciegas. Corre sin dirección, como si todo fuera un desorden, pero sigue adelante, atravesando campos, ciudades y países.

De pronto se detiene frente a un río. Lo observa fluir y permanece inmóvil. Su mente sigue siendo un torbellino de caos y confusión. Pasan las horas, y poco a poco la claridad comienza a surgir.

La quietud le invade.

En silencio

El silencio se escucha como un ruido estremecedor. La ausencia se ve, se escucha el alma, se escucha el latido de un corazón, se escucha la voz que murmura.

En silencio hay quietud, orden, espacio para creer; en silencio se puede mirar las cosas tal como son, revivir momentos; en silencio se puede ver la verdad que cada uno busca.

El silencio se escucha como un ruido estremecedor.

Mujer

Mujer esclava de la vida, en tu rostro se refleja fragilidad; tu cuerpo castigado revela el peso de los días, y tu caminar pausado, a la vez inquieto, clama a gritos por consuelo.

Tu actitud demuestra fortaleza y supervivencia, pero tu mente inquieta no descansa; salta como una niña entre pensamientos y emociones. ¿Qué misterios guarda tu atormentada vida?

¿Qué ocultas detrás de ese cuerpo frágil? Seguramente, cuando llegue la noche y busques descansar, mirarás al vacío y, con un suspiro, te dirás a ti misma: «Debo continuar».

Secreto

¿Cuál es tu secreto? ¿Te has preguntado si tienes alguno? Déjame decirte que todos tenemos uno. Tal vez lo encuentres en tu aspecto físico, en lo que piensas o sientes, posiblemente en lo que demuestras, o quizás está en lo más profundo de tu ser.

Mientras lees estas palabras, detente un momento, cierra los ojos y pregúntate: ¿Cuál es tu secreto?

La niña

Abre el estuche y observa el contenido: hay muchos cosméticos. De pronto, su rostro se ilumina; tiene una gran idea. Sonríe y saca labiales y lápices de varios colores. Se raya por encima del párpado, pinta sus labios con un tono rosado y colorea las mejillas con un polvo rojo.

Se mira en el espejo y sus ojos, color de la noche, brillan de alegría. Luego camina hacia la puerta de un clóset, saca unos zapatos de tacón y se los pone, aunque le quedan enormes. Se coloca un suéter que le queda gigante para su pequeño cuerpo, añade joyas en sus diminutas muñecas y, con su manita, sujeta una cartera que casi arrastra por el suelo.

Camina como puede y se observa en un enorme espejo. Su rostro se ilumina como nunca, sonríe y dice:

¡Ya soy como mamá!

Extranjero

Las miradas se posan sobre él, lo observan como si fuera algo exótico. Se siente diferente, ajeno a todo. La comida, la vestimenta, las calles, la gente, la ciudad... Incluso la forma en que hablan, se expresan y se comportan, su educación y manera de moverse, todo le resulta extraño.

Se pregunta cómo los vería si ellos estuvieran en su país; posiblemente sentirían algo similar. La añoranza por el lugar donde creció lo acompaña constantemente. Caminar sobre un suelo que no es de su origen le recuerda que, sin importar cuánto tiempo pase, siempre será un extranjero.

Vagón de metro

Aburrimiento sería poco para describir el día a día en este vagón de metro, sin duda un viaje rutinario.

El vagón va lleno; sube una señora con dos niñas que se sujetan del pasamanos. La pequeña juega en el pasamanos que me sostiene, se mueve y canta; la madre la mira algo incómoda.

De pronto, un apretón de muñeca, luego otro, un poco más fuerte. Me sorprendo: ¿quién toma mi mano?

La niña sigue inquieta; su madre le dice que se tranquilice porque hay más personas. Otro apretón y muevo mi mano, y en ese instante la señora se da cuenta de su error: no estaba corrigiendo a su hija, sino a mí, por eso la pequeña no lograba calmarse.

El vagón se llena de un estallido de risas; la señora baja en la siguiente estación con sus hijas y se despide con una sonrisa.

Durante el resto del trayecto, no puedo evitar reírme. Al llegar a mi destino, bajo del tren... y sigo sonriendo.

Otra mirada de Santiago

Una noche decide pasear por el centro de Santiago. El caos del día se desvanece. Al llegar al paseo Ahumada, se encuentra con un grupo de personas bailando en la calle; se nota que disfrutan. Continúa su recorrido y llega a Lastarria, donde se ven personas compartiendo, otras vendiendo sus artesanías. Camina por pasajes de bella arquitectura, poco visibles si vas apurado.

El bello cerro Santa Lucía se ve oscuro, pero con las luces tenues de algún pub, resalta su hermosura. Al llegar a Plaza Brasil, se sorprende con una feria artesanal; niños juegan alegremente mientras sus padres conversan, y hay jóvenes sentados riendo estruendosamente. Sin duda, hay un ambiente divertido por estos lados.

Finalmente, deja su paseo nocturno y regresa a casa, reflexionando en lo hermoso que tenemos, pero que jamás nos damos el tiempo de admirar.

Halloween

Salió al *hall*, abrió la puerta y se aventuró a la calle. Se sentía perdido y desorientado.

De pronto, ¡qué horror! Frente a él apareció Freddy Krueger. ¡Qué espanto! Giró tan rápido como pudo y, al hacerlo, vio a Ghostface siguiéndolo. Aceleró los pasos lo más que pudo y, en su camino, se encontró con Maléfica. Un poco más allá, una amable Alicia le guiñó un ojo, dándole algo de tranquilidad.

Al llegar a una avenida, se encontró con una fila de vampiros. Estaba aterrorizado y comenzaba a creer que se estaba volviendo paranoico. La impresión era tan fuerte que pensaba que iba a desmayarse.

A lo lejos, creyó oír su nombre. Se giró y vio a alguien corriendo hacia él, con temor en los ojos. Su alivio fue inmediato al reconocer a su nieto, quien se acercó y lo abrazó con fuerza.

—Tata, ¿por qué saliste solo? ¡Debíamos ir juntos a pedir dulces en Halloween! —le dijo el niño.

Sol y Luna

Desde lejos, ella lo observa, resplandeciendo al ver al sol brillar. El sol, al notar su atención, sonríe e ilumina con más intensidad. Se siente contento, y su corazón y alma están felices. Disfruta de la presencia de la luna, quien, durante el día, es su ferviente admiradora oculta. Cuando llega la noche, es el sol quien observa a la alegre y sonriente lunita.

A lo largo del tiempo, siempre han estado muy cerca el uno del otro. Aunque no los veamos a simple vista, si uno está presente, el otro también lo está, y así ha sido por siempre.

Cómo serías

¿Cómo serías si brillaras en esta dimensión? ¿Cómo sería tu forma de ser, tu apariencia física, tu modo de pensar? ¿Cómo habría sido tenerte en este mundo?

Sin dudarlo, dejaste huellas profundas de sabiduría y aprendizajes. Te observo en una estrella y siento tu luz. Sé que eres un pequeño trocito de este universo y de muchos más. Estás en todas partes, en cada rincón.

Entonces, ¿por qué preguntarme cómo serías si en el corazón ya lo sé y siempre lo he sabido, bebecito estrella?

Veraneo

Incomodidad. La ropa arrugada, el calor insoportable que no deja dormir, la picazón en todo el cuerpo. Los zancudos han hecho un festín conmigo.

La playa no se aprecia entre la multitud. Hay toallas extendidas en el suelo, usadas como improvisados comedores, con trozos de carne grasienta cubiertos de arena. Veranear me agobia.

Tengo hambre y solo veo locales de comida rápida por todas partes. Cada uno parece más insalubre que el otro. Pido un completo «con todo», como le decimos, y me dan un jugo que parece agua.

Los baños tienen un tarro para cobrar la tarifa, y los juegos para niños lucen antiguos y poco seguros. Las calles están llenas de basura, el aire se siente denso. La gente camina ansiosa y alterada. Todo parece inseguro.

Cada año recibo una invitación y la acepto con gusto, con la esperanza de un merecido descanso o un cambio de escenario. Pero ahora estoy completamente quemado por el sol, la piel me arde. Tomaría un helado o un agua helada, pero debo guardar dinero para regresar a la ciudad.

Vendré el próximo año con mi familia. Tal vez entonces todo sea mejor.

Otro lugar...

Creo que me ha picado algún zancudo, así que me coloco repelente y bloqueador solar para proteger mi piel. En la habitación, la nana ha colocado unos aparatos para mantener un ambiente relajado y libre de mosquitos. El viento que corre por el lugar es un poco incómodo.

Salgo a caminar por la playa y, como siempre, el ambiente es armonioso y tranquilo, con pocas personas.

Me tumbo en la reposera destinada a los veraneantes para usar en cualquier momento. Hay baños con todo lo necesario para quienes deseen utilizarlos.

Miraré la página web en la que han publicado los eventos de jazz, galerías de arte, música y películas al aire libre para todos, organizados durante la temporada de verano.

Mientras disfruto de un café helado, observo las bellas casas de mis vecinos y respiro aire fresco. Las personas son tranquilas, así que no hay de qué preocuparse, se siente un ambiente seguro. Un poco de apetito me empieza a surgir, así que camino por las calles, que están muy limpias, y ceno en un restaurante gourmet de comida peruana.

Finalmente, me voy a dormir, algo agotado de tanto caminar por los parques, admirar obras de arte y visitar museos.

Comprensión

Al dar un paseo por aquel cerro, comprendió que nada estaba lejos y nada era peligroso. Todo parecía una armonía perfecta, con una sensación de seguridad que la envolvía.

Se trataba solo de vivir cada instante y de ser consciente en cada paso que daba. Continuó su camino por el sendero, admirando el hermoso paisaje que tenía delante, tomada de la mano cálida de quien siempre le había dado amor y confianza.

Gracias

Con frecuencia recordé con tristeza las vivencias a tu lado, y hoy entiendo con claridad que gracias a la experiencia que compartí contigo, descubrí lo que significa realmente vivir.

En el estado más consciente y en el momento más presente que jamás haya experimentado, me di cuenta de que, a través de tus ojos ahora llenos de sabiduría, pureza y confianza, puedo ver la vida hermosa que siempre soñé. Entendí que la comprensión y el entendimiento de todo están en nosotros, como los seres espirituales que somos.

La fuerza, la sabiduría y el conocimiento siempre han estado en nuestro interior. Al recordar tu ausencia, honro el aprendizaje que me has brindado desde hace tanto tiempo. Incluso en esta nueva dimensión, lograste que viera el mundo con nuevos ojos y desde una perspectiva renovada, añorando y extrañando con una comprensión más profunda.

Gracias, expresión magnífica y divina de la vida.

Culpa

Camina incesantemente por las calles de la ciudad. Observa el entorno: niños de la mano de sus padres, risas, mascotas jugando.

El murmullo de sus pensamientos resuena una y otra vez: ¿Lo estaré haciendo bien? ¿Me comprenderás algún día?

Cree haber hecho todo lo posible por dar lo mejor a esos seres, pero la culpa no la deja en paz. Los recuerdos la invaden: el trato que les dio, los momentos en que los avergonzó, las clases de maestría impartidas cuando solo querían jugar.

Desvía la mirada y coloca un pensamiento bello sobre aquel que la atormenta. Continúa su camino, pero el eco de su mente persiste: culpable, culpable.

La voz la inquieta, aunque ha aprendido a superponer pensamientos hermosos sobre los que la lastiman.

El camino, antes tormentoso, se ha vuelto apacible y tranquilo.

Mirar a través de los ojos de otros

¿Se puede mirar el mundo a través de los ojos de alguien más? ¿Cuál sería la respuesta a ello?

Si observo a través de tus ojos, ¿cómo veré el mundo? ¿Lo veré tal como es o solo a través de tu forma de pensar, de tus limitaciones y creencias sobre la vida?

La verdad es que, si miro desde tu mirada, veo lo que tú quieres ver, no lo que realmente estoy mirando. Mirar desde la perspectiva de otro es casi como vivir su vida y no la nuestra.

Entonces, pregunto: ¿a qué o a quién estoy mirando realmente?

Desde mi propia observación, veo lo que mis ojos, como cristales nítidos y puros, desean percibir con inmensa claridad.

Al mirar la vida a través de los ojos de otros, no estamos viendo realmente ni viviendo nuestra propia realidad, nuestra luz verdadera.

Alma errante

El camino es abrasador, lleno de piedras grandes y pequeñas. Quizá mi vida siempre ha sido así, reflexiono, un largo sendero pedregoso. Camino de un lado a otro, sin rumbo claro. ¿A dónde quiero llegar?, me pregunto. Tal vez a ninguna parte.

Recuerdo cuando era niño, jugando con mis hermanas. Entonces, mi único propósito era crecer y vivir. Ahora, acostado en esta cama, nada parece tener un sentido verdadero. He vagado por muchos lugares, he conocido a distintas personas. He deambulado como un alma errante en este mundo, que muchas veces se siente inmenso.

La vida ha sido difícil, y sé que no he hecho nada para cambiarlo. Ahora mis ojos se sienten pesados y comienzan a cerrarse en un sueño eterno. Ya no hay dolor, ni tristeza, ni soledad. Siento una paz que me envuelve.

Sé que algo de mí continúa en esos dos corazones que laten; sé que fui amado y querido. En estos últimos momentos, siento compasión y un profundo amor por mí mismo. Sonrío mientras me dejo llevar en un viaje calmado y luminoso, para reencontrarme con quien me dio la vida.

Fragmento de un amor

Durante estos años hemos vivido muchas aventuras y, hoy en día, las seguimos viviendo. Juntos hemos disfrutado de cosas simples, como mirar el cielo, observar las nubes, tocar el pasto o sentir el viento.

También podemos conversar de cosas simples o profundas; entendemos nuestras locuras filosóficas y psicológicas el uno al otro como nadie más lo podría hacer. Nos ayudamos y apoyamos día a día, y así hemos formado nuestra familia. Creo que la base de lo que hemos construido es el **amor** que nos tenemos; ese es nuestro motor, lo que nos hace ser el mejor equipo.

Eres la persona más importante de mi vida y siempre lo serás.

Momentos de Mom

En meditación

En la conexión de la mañana, recuerda los amaneceres de su infancia a su lado. La abraza y vuelve a ver su rostro apacible; la paz la invade. Sabía que ella esperaba que la peine y maquille. Te relajas y cierras los ojos; es tu masaje matutino. Te abrazo con mis pequeñas manos…

Abre los ojos, inhala y exhala, agradeciendo profundamente cada momento compartido.

Te tumbas en el piso de madera de tu casa; se siente el calor del verano alrededor. Estás con tus hijas, has dicho algo que ha causado muchas risas y carcajadas; eso llena el ambiente.

Siento paz, tranquilidad, serenidad.

Recuerdo que, en varias ocasiones, tenías nuevas ideas e ibas en busca de ellas. Siempre pasaba algo divertido que contar. Salías a la aventura, dispuesta a descubrir. Habitualmente regresabas más tarde. En aquel verano, rojita como una guinda, con tu rostro algo desilusionado, de pronto tu expresión cambiaba. Venía una nueva idea y volvía tu entusiasmo otra vez.

Aún sentado, abre suavemente los ojos y respira, permitiendo que cada sensación fluya.

Ha llegado de la escuela, corre y la abraza; su cabeza pequeña descansa en su pecho. Siente el cálido aroma a comida que
emana de su delantal. Sonríe; en esos momentos es verdaderamente feliz...

Abre los ojos lentamente y aún siente su suave presencia.

¿Cómo hubieses sido ahora?, me pregunto.

¿Cómo te verías como abuela, hermana, tía o amiga?

¿Qué te gustaría hacer en esta etapa de tu vida? ¿Cómo te gustaría vivir?

¿En qué lugares te hubiese gustado estar?

¿Qué sueños te habría encantado cumplir?

En una mezcla de nostalgia y amor, se pregunta:

¿Serías feliz?

A medida que estas preguntas surgen, observa que su presencia hoy está más viva que nunca. Su amor y su esencia nunca la han abandonado; siempre ha sido parte de su mundo.

Reflexión final

Todos experimentamos distintos momentos en nuestra vida: a veces momentos felices, otras veces momentos tristes; en ocasiones nos sentimos solos e incomprendidos, muchas veces con anhelos y añoranzas. Lo importante y nutritivo es tomar cada vivencia como un aprendizaje que nos da fuerza y capacidad de comprensión.

Es reconfortante detenerse y observar qué ocurre a nuestro alrededor, y ver que muchas veces nuestros momentos son similares a los de otras personas.

Sentarse unos minutos y contemplar lo que acontece a tu alrededor es una muy buena terapia para salir del estado automático en que vivimos constantemente.

EDIQUID